絕對沒大腦 ④

肚臍居然會説話

王聰 / 著

李楠 / 繪

新雅文化事業有限公司
www.sunya.com.hk

我的阿拉丁神燈

有的小孩玩具太多，有的小孩瞌睡太多，有的小孩話太多，有的小孩鼻涕太多⋯⋯

而我呢？我是願望太多。

小時候，我的願望多得腦袋裝不下，怎麼辦呢？我就把這些願望變成故事，講給大樹下面的小伙伴聽。然後問他：「好不好聽？好不好聽？」他如果說好聽，我就會滿足地嘿嘿一笑；他如果說不好聽，我就會一直問一直問：「為什麼不好聽？為什麼不好聽？為什麼不好聽？」然後一直追到太陽下山，追到他的家。

說到這裏，你一定會問我，你都有些什麼願望啊？這麼說吧，當沒人跟我玩的時候，我就想啊，要是有人陪我玩多好啊，最好是外星小孩！可是外星小孩要走了怎麼辦啊⋯⋯當我被媽媽吼的時候，我縮到角落裏就想，要是能把媽媽變小就好了，最好像彈力球那麼小！可是萬一她變不回來怎麼辦啊⋯⋯當我看着古生物書的時候，我就想啊，要是這些古生物能跑出來跟我玩就好了，最好全都跑出來！可是牠們要是打架怎麼辦啊⋯⋯

可能你會說，哇！你的願望實現起來太難了！嗯，你說得沒錯，本來是挺難的，不過我有我的阿拉丁神燈！當我把願望變成故事寫下來，在這些故事裏，我就能和外星小孩成為朋友，和她聊天玩耍，還能知道她家裏有多少兄弟姊妹；我能帶着變小的媽媽上學，然後一不小心把她弄丟，我會情不自禁地哭起來；我能給打起來的霸王龍和劍齒虎勸架，還能請所有的古生物吃冰淇淋⋯⋯

沒錯！寫作就是我的阿拉丁神燈，我的神燈可以實現我的任何願望。

說到這兒，你一定會問我：你現在的願望是什麼？

我現在最大的願望就是：有一天，在書店裏碰到你，我可能不認識你，你可能不認識我，你的手中捧着我寫的書，我會一下子衝到你面前問：「好不好看？好不好看？」你呢？雖然被嚇了一大跳，不過你最好回答：「好看！」不然我會問：「為什麼不好看？為什麼不好看？為什麼不好看？」然後一直追到太陽下山，追到你的家。

王　聰

人物小檔案

姓名： 拉鎖

性別： 男

職業： 小學生

學校： 古塔小學

班級： 三年一班

外號： 絕對沒大腦

形象： 雖然又矮又瘦，還有點兒黑，但有領袖魅力

家庭成員： 癡迷於考古的爸爸、喜歡嘮叨的媽媽，還有總是叼着奶嘴的三歲妹妹

最好的朋友： 鄰居＋同學＋「跟屁蟲」重北極

最怕的人： 擅長「擰擰神功」的同桌洛仙仙

最心愛的寶貝：冰魄搖搖

最擅長的事： 踢足球射門、畫恐龍

最害怕的事： 當眾演講

最大的毛病： 馬虎

性格優點： 聰明、幽默、心思細膩

姓名：　　　　　重北極

性別：　　　　　男

職業：　　　　　小學生

學校：　　　　　古塔小學

班級：　　　　　三年一班

外號：　　　　　北極蟲

形象：　　　　　又高又胖，是全班最強壯的男生

家庭成員：　　　一對和他一樣胖胖的爸爸媽媽

最好的朋友：　　鄰居＋同學＋「老大」拉鎖

最心愛的寶貝：白色運動鞋

最喜歡的食物：棒棒糖、冰淇淋……只要是吃的

　　　　　　　　都喜歡

最擅長的事：　　捉迷藏，號稱「捉迷藏大王」

最害怕的事：　　到黑板上做數學題

最大的毛病：　　不愛動腦

性格優點：　　　天性樂觀，從不亂發脾氣

目錄

1 我的絕招

　　我叫拉鎖，是古塔小學三年一班的學生。我有個絕招——只要我在草紙上隨便畫幾筆，三分鐘之內就能將全班同學吸引過來。

　　不信嗎？你看！

　　一、二、三！

　　「快來看！『絕對沒大腦』又在畫恐龍了！」我的同桌洛仙仙叫道。

　　洛仙仙最適合當**宣傳大使**，什麼事情只要經過她「宣傳」，全班同學都會知道。我這個「絕對沒大腦」的綽號，就是由她宣傳出去的。

　　不過，我才不在乎大家叫我的綽號
呢！恐龍的大腦也很小，不是照樣成為
中生代的霸主了嗎？所以，儘管叫吧！絕
對沒大腦，沒什麼不好的。

　　洛仙仙的話音剛落，同學們呼啦一下
圍了過來。

　　「拉鎖，你今天要給大家畫什麼恐龍
啊？」我的死黨北極蟲問道。我每天畫的
恐龍都會被大家搶走，昨天畫的薄板龍就
送給他了。

　　「別急！馬上就畫好了。這隻恐龍我
不經常畫，如果畫霸王龍，我三分鐘就能
畫好！」同學們圍着看，很快，一隻*栩栩
如生*的恐龍便出現在白紙上。

　　「哇！真好！絕對沒大腦，你畫得真

快！」洛仙仙一臉崇拜地說道。

　　「你一定看了很多恐龍書吧？」小豆
包問道。

　　「那當然，只要是關於古生物的書，我都喜歡看！所以，關於古生物的問題儘管來問我。」我自信地說道。

　　「今天這隻是什麼恐龍？」北極蟲問道。

　　「偷蛋龍。」我說道。

　　「**偷蛋龍？**這個恐龍不好，專門偷蛋！」北極蟲說道。

　　「才不是呢！偷蛋龍是被冤枉的，牠不偷蛋！」我**憤憤不平**地說道。

　　「不偷蛋為什麼叫牠偷蛋龍？」北極蟲問道。

　　「牠本來是在保護自己的蛋，可是科學家誤會牠了，以為牠是在偷別的恐龍蛋！」

「那科學家為什麼不能給牠改名字？說不定，牠就是偷了別人的蛋呢！」北極蟲說道。

我正想繼續跟他爭論，這時上課鈴聲響了。

「這個偷蛋龍誰要？」我舉起畫好的恐龍問道。

大家紛紛搖了搖頭，回到自己的座位上。可憐的偷蛋龍孤零零地躺在我的桌上，沒人肯要它。

「沒人要算了，我自己留着。」說着，我把偷蛋龍的畫夾在了本子裏。

這時，班主任秦老師走進了教室。

「你們想不想吃冰淇淋？」秦老師剛一走進教室就笑眯眯地問道。

　　我們大家都愣住了，你看看我，我看看你，都在想：當然想啦！

　　不過，有一句話叫「天下沒有免費的午餐」，沒有免費的午餐，當然就沒有免費的冰淇淋。所以，老師這樣問，其中一定有陷阱。

　　「想！」北極蟲勇敢地説出了我們的心裏話，在吃的方面，他一直都很「勇敢」。

　　「告訴大家一個好消息：現在有個機會可以免費吃一年的冰淇淋！」

　　「哇！」全班同學都激動不已。

　　「安靜！古生物博物館要舉行小學生演講比賽，主題是——誰是最棒的古生物。所以，明天學校會帶領你們去參觀古

生物博物館，大家要仔細看，認真聽，爭取參加演講比賽。」秦老師說道。

「老師，獎品是冰淇淋嗎？」北極蟲問道。

北極蟲是我最好的朋友，但是，他最好的朋友是冰淇淋。

「重北極回答正確！」老師說道。

北極蟲的大名叫「重北極」，只有老師叫他的大名，我們都叫他的綽號「北極蟲」。

老師接着說道：「第一名可以得到**贊助商**冰冰涼冷飲公司提供的 VIP 貴賓卡一張，用這張卡可以換三百六十五枝冰淇淋。也就是說，如果誰得了第一名，就可以一年內每天都吃一枝免費的冰淇淋！」

「哇！」同學們齊聲叫起來。

「這個活動，既可以**鍛鍊**大家當眾演講的能力，又可以增加古生物知識，所以大家要認真準備，積極參加。如果得了獎，也會給學校和班級爭光！」秦老師說道。

「老師，拉鎖可以參加演講比賽！他看過很多本古生物書！」洛仙仙高聲說道。

「是呀！他可以三分鐘畫一隻霸王龍！」小豆包補充道。

「不行！不行！我不會演講！要是舉辦個吃冰淇淋大賽，我可能會給班級爭光，演講比賽就算了吧。」我連連搖頭，在下面**小聲嘟囔**着。

老師聽見了我的嘟囔，說道：「拉鎖，一定要有信心啊！」

　　我低着頭沒說話，心裏想：我可不想參加什麼演講比賽，如果讓我演講，我寧願永遠都不在大家面前畫恐龍了。

2 孔子鳥導賞員

第二天，我們排着整齊的隊伍朝古生物博物館出發。這個博物館就在市中心，離我家並不是太遠。我小時候經常去那裏，自從上了小學以後，已經很久沒有去過了。

我們來到了古生物博物館的門口。從外面看，博物館的形狀就像一顆巨大的**恐龍蛋**，兩根巨大的「象牙」組成了博物館的大門。

「哇！那是象牙呀！」

「是真的嗎？」

「應該不是真的！」大家你一句我一句，小聲地議論着。

「同學們，」秦老師在隊伍前面大聲說道，「一會兒我們要有序地排隊進館，聽完講解之後，會給大家**自由活動**的時間，都聽清楚了嗎？」

「聽清楚了！」同學們齊聲回答。

我們陸陸續續走進博物館，來到了迎賓大廳。這個大廳非常大，中間陳列着巨大無比的恐龍骨架。

我仰着頭順着恐龍的脖子往上看，這隻恐龍的頭一直伸到了博物館的第三層！

「哇！牠可真高啊！」大家驚呼道。

就在這時，一個影子擦着我的頭頂飛了過去。我抬頭一看，哇，一隻**色彩斑斕**的長尾巴鳥從我的頭頂飛過！

不對！牠的翅膀上怎麼有兩隻爪子？

牠不是一隻普通的鳥!

「快看那隻鳥!那是始祖鳥!」同學們驚呼道。

正在這時,長尾巴鳥說話了:「大家好!歡迎參觀古生物博物館!我不是始祖鳥,我是一隻孔子鳥,來自距今約 1.3 億年的**侏羅紀晚期**。我穿越時空來到這裏,你們知道我來這裏是做什麼的嗎?沒錯!我是來給你們當導賞員的。」說到這裏,孔子鳥在空中轉了一個圈。

「哇!太神奇了!」同學們中有人叫道。

「我可是世界上已知最早有喙的鳥,也就是説,我進化出了沒有牙齒的喙!所以大家不要怕我喲,我沒有牙齒,沒有那

麼可怕！」孔子鳥張了張喙，裏面果真沒有牙齒。

這一定是博物館新添的設備，我以前來的時候從沒見過這位「孔子鳥導賞員」。

「我們古生物博物館分為三層，有六個展廳。在這裏，你們可以看到寒武紀時期的**三葉蟲**，還可以看到『天下第一魚』海口魚；你們可以看到動物界的『勇士』海納蝦，還可以看到最古老的『**模範夫妻**』二齒獸；你們可以看到動畫片裏的霸王龍，還可以看到課本上的黃河象……現在，就請大家猜一猜，在我身邊的這隻恐龍，牠叫什麼？」孔子鳥用一隻翅膀指着那具高三層樓的恐龍骨架問道。

「霸王龍！」我第一個高聲回答。

「沒錯！就是霸王龍。我知道你們都超級喜歡霸王龍，不過，我可不怎麼喜歡牠。要知道，霸王龍可是生活在白堊紀末期的**頂級掠食者**，什麼都吃！」

「孔子鳥老師！」洛仙仙舉手提問，「能帶我們去看看那面牆嗎？我想知道，裏面漂着的都是什麼。」

「沒問題！」孔子鳥一邊飛一邊講，「這整整一面牆模擬的是數億年前的遠古海底世界，這水中有海百合、怪誕蟲、三葉蟲、奇蝦，還有各種各樣的海綿類動物⋯⋯雖然裏面絕大多數生物都已經消失了，但是我們要知道地球上的生命都是從海洋開始的。」孔子鳥說道。

「這裏面的都是模型嗎？」小豆包問

道。

「當然，不過水可是真的！」孔子鳥答道。

「這個大鐘是真的嗎？」北極蟲一邊摸着旁邊的一個巨大的鐘，一邊拿起**鐘錘**。

「不許敲！」孔子鳥大吼一聲。

北極蟲嚇了一跳，手裏的鐘錘一下子掉在了地上。

「鐘不就是用來敲的嗎？為什麼不許敲？」我問道。

「這個鐘，可不是一般的鐘，它叫『盤古鐘』。」孔子鳥瞇着眼睛，神秘地説道，「盤古鐘可是這裏的**鎮館之寶**。據説它是由天地間的第一陣雷聲幻化而成的，具有

非常大的魔力！所以，千萬不要敲它，萬一把這些古生物都吵醒了怎麼辦？」

孔子鳥這麼一說，大家都哈哈大笑起來，孔子鳥也笑了。

接着，孔子鳥繼續為我們講解，從寒武紀一直講到冰川期，從三葉蟲一直講到古人類……孔子鳥**滔滔不絕**，有問必答。老實說，孔子鳥是我見過最棒的導賞員。

聽完孔子鳥的講解，我們到了自由活動時間。

「拉鎖！拉鎖！我們一起吃冰淇淋！」一個**圓**滾滾的身體朝我跑了過來，一聽聲音我就知道是北極蟲。

他一手拿一枝巨型冰淇淋，遞到我面

前說：「總算自由活動了！終於可以大口大口地吃冰淇淋了！」

「這座博物館可真棒，我還想好好地看看呢！」我說道。

「都是些石頭啊，骨頭啊，有什麼好看呢？」北極蟲大口吃着冰淇淋說道。

我們眼前的展示櫃裏有一塊石頭，那是一塊看起來很普通的石頭，上方放着一根木頭，簡介牌上寫着：取火石——這是目前發現人類最早用於鑽木取火的石頭，也許人類創造的第一縷火花就是從這裏誕生。

「快看啊！北極蟲，這就是古代人類用來鑽木取火的石頭！」

正在這時，展廳裏的燈忽然全滅了！

「怎麼回事？怎麼回事？」慌亂中我向四周看，只有應急燈亮起。

「拉鎖，快看！」北極蟲拽着我的胳膊叫道，「石頭在發光！」

我定睛一看，用於鑽木取火的那根木頭在用力地轉動，那塊取火石居然在閃閃發光！

「唭嚓——」一聲玻璃破碎的聲音傳入我的耳朵，緊接着是一陣刺耳的警報聲。

昏暗的光線下，迎面跑過來一個蒙面人，手裏抱着一塊化石。後面幾個保安正在追他，眼看要追上了，這個笨小偷一下子摔倒在地，手裏的化石**咕碌碌**地滾到了我的腳邊。後面的保安緊接着跑了過來，將小偷制伏了。

我撿起化石仔細地看了看，有點兒興奮。不過我只是摸了一小下，就把化石送還到博物館工作人員手裏了。

「叔叔，這是什麼化石呀？」北極蟲問博物館工作人員。

「這是非常珍貴的三葉蟲化石，距今有五億年的歷史了。」工作人員回答道。

「三葉蟲化石？可是我在書上看到的三葉蟲比這個大多了。」我好奇地說。

「三葉蟲有很多種，最大的**體長**能達到八十厘米，最小的僅有幾毫米。我們館的三葉蟲化石是比較小的一種。」工作人員解釋完，轉身將化石帶走了。

同學們一下子圍了過來。

「哇！絕對沒大腦，你真是**幸運**啊！居然可以摸到三葉蟲化石呢！」

「是呀，是呀！那是什麼感覺呀？那可是五億年前的石頭啊！」

聽着同學們**七嘴八舌**地說着，我忽然感覺自己那隻摸過化石的手也變得高貴起來，不自覺地舉得高高。當然了，我也不忘吃另一隻手上的冰淇淋。

4 肚臍上長眼睛

　　我就那樣一直舉着手，舉了好久，終於胳膊酸得受不了，沒辦法，只能放下。

　　古生物博物館參觀結束了，雖然中間出了個小偷，不過我也「沾光」摸到了化石，所以今天這次活動，對我而言是**圓滿成功**。

　　晚上睡覺前，我像往常一樣進浴室洗澡，淋濕身體，抹沐浴露，搓一搓，沖水⋯⋯

　　我閉着眼睛，讓水從我的頭頂沖下來。這時，忽然聽到有人跟我打招呼：「嘿！你好！」

「誰在叫我？」我把花灑關掉，沒有人回答。可能是水的聲音吧，我繼續沖。

「嘿！你好！」

不對！確實有人在說話。

我趕快用毛巾擦了擦耳朵，問道：「**誰在說話？**」

我邊問邊四處看，心想：這麼小的浴室，從哪兒傳來的聲音呢？

這時，我感覺到肚臍癢癢的，用手撓了撓，低頭一看，我的老天爺呀！嚇得我差點兒摔倒在浴室裏！

我發現……發現我的肚臍上方，**居然長了兩隻眼睛！**

肚臍咧了一下，好像在笑：「嘿！你好！」

我的肚臍在和我**打招呼**！而且……而且它還會笑！

「啊——」我嚇得跳了起來，哇哇大叫。

我不敢告訴爸媽，而是悄悄地從浴室裏出來，然後第一時間撥通了北極蟲家的電話。

「絕對沒大腦，你是不是瘋了？我們兩家離得這麼近，喊一喊嗓子都能聽到，你幹嗎要給我打電話？」

北極蟲說得沒錯，我們兩家離得超級近，一隻**身體矯健**的跳蚤都能一下從我家蹦到他家。不過，這個時候，我還是覺得打電話比較安全。

「北極蟲，你聽我說！不是我瘋了，

是我的肚臍瘋了！你趕快來我家，直接進我的房間，我們要召開**緊急會議**！」我緊張地說道。

「你數十個數，我馬上到。」北極蟲說完，啪的一下掛了電話。

我用紙巾把肚臍塞住了，因為我怕聲音太大，引來我爸媽。在我數到「8」的時候，北極蟲出現在我的房間裏。

北極蟲盯着我的肚臍，歪着腦袋，拿着一個放大鏡**左看右看**。我肚臍上的兩隻眼睛，隨着北極蟲的放大鏡轉來轉去。

「看出什麼了嗎？你也是第一次看到肚臍上長眼睛吧？」我問道。

「絕對沒大腦，你有沒有發現，你肚臍上的眼睛和你臉上的眼睛一樣，都是雙

眼皮呢！」北極蟲**一本正經**地說道。

　　「去去去⋯⋯不許看了！誰讓你看是什麼眼皮？我是想和你商量一下，我的肚

臍長眼睛了，而且還會說話，怎麼辦？」
我焦急地問道。

「你平時不是挺**鎮定**的嗎？怎麼現在
這麼不鎮定了？」

「眼睛沒長到你肚臍上，你當然鎮
定！你是不是我最好的朋友啊？快幫我想
辦法！」我急了。

「別急，別急，我覺得你應該先把紙
巾拿下來，讓人家肚臍同學說話，這樣我
們才能知道到底是怎麼回事。」北極蟲說
道。

「可是，萬一它大叫怎麼辦？萬一全
世界人都知道我肚臍上長了眼睛怎麼辦？
萬一……」

「萬一什麼呀？看在藍藍大海的分

上，你們倆說完沒有？我都快憋死了！」
肚臍高聲說道。我低頭一看，肚臍上塞着
的紙巾掉下來了。

5 審問我的肚臍

　　肚臍上的眼睛一眨一眨地看着我，居然還在朝着我笑。

　　「你小聲點說話！我問你，你是什麼怪物？為什麼跑到我的肚臍上了？」我緊張地問道。

　　「看在藍藍大海的分上，你不要緊張嘛！你一緊張，肚子就發抖，我也要跟着**顫抖**，考慮一下我的感受好不好？」肚臍說道。

　　「嘿！你這個肚臍還挺會說話！」北極蟲好奇地睜大眼睛，「那你接着說吧，你是從哪個星球來的？」

「哪個星球？呵呵呵⋯⋯」肚臍好像在嘲笑我們，大聲說道，「我在這個星球上生活的時候，還沒有你們的**老祖宗**呢！」

「嘿——這麼狂妄！」

「你們不相信嗎？」肚臍瞪大了眼睛，大聲說道。

「你能不能小聲點說話？你現在在我身上，就要聽我的話！」我可不想有一個這麼**狂妄**的肚臍。

「好吧，我介紹一下自己，我是一隻三葉蟲。」肚臍說道。

「三葉蟲？」我和北極蟲瞪大眼睛，又一次驚呆了。

「沒錯，我就是一隻三葉蟲。」三葉

蟲對我和北極蟲吃驚的表情絲毫不放在心上。

「這麼說，你有五⋯⋯五億歲了？」

「應該有吧，我也是聽你們人類說的，我根本記不清了。按照輩分，我算是你們的⋯⋯」三葉蟲想了想，「算是你們的祖先了。」

「你才不是我們的祖先呢！我們的祖先又不是蟲子！」我說道，心想：不知道北極蟲的祖先是不是蟲子，反正我的祖先不是。

「你為什麼總說『看在藍藍大海的分上』？」北極蟲問。

「『**看在藍藍大海的分上**』是我們三葉蟲的口頭禪啊！你不知道嗎？我們三

葉蟲都是生活在藍藍大海裏的。」

　　「原來是這樣啊！那你怎麼跑到他的肚臍裏了呢？」北極蟲接着問道。

　　「這個嘛，一句兩句可說不清……嗯，看在藍藍大海的分上，能不能給我一點兒那個叫……叫冰什麼淋的東西吃？我可以邊吃邊講。」三葉蟲的眼睛滴溜溜轉，不好意思地說。

　　「嘿！你還知道冰淇淋呢！吃冰淇淋沒問題，不過，請你不要再說『看在藍藍大海的分上』，應該說『看在冰淇淋的分上』。」說着，我讓北極蟲去冰箱裏拿冰淇淋，北極蟲非常熟悉我家所有好吃的東西放在哪兒。

　　很快，北極蟲拿來了兩枝冰淇淋。

「喂！你怎麼只拿兩枝？這裏可是有三個人啊！」

「誰說的？三葉蟲吃的**冰淇淋**最後不也是到你的肚子裏嗎？所以我只拿了兩枝。」北極蟲邊說邊舔着冰淇淋。

沒辦法，我只能自己吃一口，再餵三葉蟲吃一口。

三葉蟲嘗了一口冰淇淋，長吁了一口氣：「嘖嘖……簡直太好吃了！你知道嗎？我就是因為想吃一口這個東西，所以才**不小心**來到你的肚臍裏。」

「這是什麼意思？」我和北極蟲齊聲問道。

6 看在冰淇淋的分上

「看在冰淇淋的分上！我呀，在很多年以前被**發掘**出來之後，就被送到了古生物博物館。每天看着你們這些小孩吃着這個東西，在博物館裏走來走去，我就想啊，這一定是世界上最好吃的東西，什麼時候我要是能吃到就好了。終於，今天小偷偷化石的時候，我正好看見你的手裏拿着這個叫冰什麼淋的東西，我就一下子跳了上去，**猛勁地**吃了起來，然後……然後就躲在了你的肚臍裏。你別説，住在這裏還是蠻舒服的，住在博物館的玻璃窗裏實在是太悶了，我準備在你的肚臍裏安家了！」

三葉蟲邊吃着冰淇淋，邊講述着牠謎一樣的經歷。

「哦！原來你是為了吃冰淇淋才跑到我的肚臍裏！」我**恍然大悟**。

「冰淇淋！我終於記住它的名字了，這簡直是你們人類最重要的發明啊！」三葉蟲嘟着我的肚臍說道。

「可是，這樣也不行啊！你不能總是住在我的肚臍裏呀！」

「我現在不能出來，因為我不能見光，無論是陽光還是月光。如果我出來了，被這些大自然的光照射到就會變成灰塵，除非⋯⋯除非我把你的肚臍一起帶走！」三葉蟲說道。

「那可不行！這麼說你就**賴着不走**

了？」我大聲說道。

　　「你有感覺到什麼不舒服的地方嗎？」北極蟲問道。

我搖搖頭。

「沒有不舒服，那就讓人家住着嘛！反正你的肚臍閒着也是閒着，人家可是古生物，說起來可是長輩呢！你要尊重人家！」北極蟲**理直氣壯**地說道。

我撇了撇嘴，沒說話。哼！不是他的肚臍，他當然說得輕鬆！

「化石不都是石頭嗎？你怎麼活着呢？」北極蟲問的這句話，也正是我想問的。

「那是因為在這個博物館裏有一件特殊的展品，就是一塊用來鑽木取火的石頭。這塊石頭因為給人類帶來了**光明**，功勞太大了，所以擁有了魔法——只要這塊石頭輕輕轉動，博物館裏的標本啊，化石啊，

模型啊，全都會**復活**。」

「哦，原來是這樣啊！怪不得我看到那塊石頭在發光，我還以為是眼睛花了呢！」我恍然大悟，接着說道，「你既然在我的肚臍裏安了家，而且也沒讓我覺得哪裏不舒服，那我們就是**一家人**了。我呢，叫拉鎖，綽號叫『絕對沒大腦』；他呢，叫重北極，綽號叫『北極蟲』。我覺得我們也應該給你起個名字。」

「叫什麼好呢？」

「肚臍裏的客人？」北極蟲說道。

「不行，太長，不好聽。」三葉蟲不同意。

「眼眼？」

「好難聽，好難聽。」三葉蟲還是不

同意。

　　「五億年的傳說？」

　　「什麼破名字！看在藍藍大海的分上，能不能起一個可愛一點的？」三葉蟲非常不同意。

　　「那叫什麼？」北極蟲問。

　　「**小葉子！**」我說道。

　　「小葉子？就叫小葉子吧！」三葉蟲眼睛一亮，咧着嘴笑了，我的肚臍也跟着咧開了。

7 慌亂的早晨

「起牀啦！起牀啦！」

一把聲音把我從睡夢中叫醒，我迷迷糊糊地睜開雙眼。

昨天睡得有點兒晚，我都不知道北極蟲是幾點從我家離開的。

「起牀啦！起牀啦！」

我低頭一看，聲音是從肚臍上傳來的，小葉子朝我微笑着眨了眨眼睛。

每天都是鬧鐘叫我起牀，現在好了，肚臍叫我起牀。

「拉鎖，看在藍藍大海的分上，你可以在衣服上挖兩個洞嗎？我躲在你的衣服

裏什麼都看不見。」一大早，小葉子就提出這種**無理要求**。

「真拿你沒辦法！好好的衣服摳個洞，老媽知道了非罵我不可！」我邊說邊用剪刀在衣服上捅了兩個洞，「我跟你講，你住在我的肚臍裏沒問題，不過，有人的時候你可千萬別說話。如果被我爸媽發現，那就糟糕了！」我一邊擠牙膏一邊說道。

「那會怎樣？」

「會怎樣？會把我送到醫院！然後醫生會把你從我身上挖下來！」我**瞪大眼睛**說道，然後把牙刷放進嘴巴裏機械地刷起來。

「醫院？挖下來？聽起來挺可怕的！咦？你幹嗎往外吐泡泡？」看見我刷牙，

小葉子問道。

「這叫刷牙！」我漱了漱嘴巴說道。

「我也要刷牙！」

「算了吧，你的牙齒已經幾億年沒刷過了，也不在乎這一天兩天。」我說道。

「求求你，讓我也試試吧！」小葉子**哀求**道。

真拿牠沒辦法！我剛要用牙刷給小葉子刷牙，正巧我的妹妹可可走了過來，看着我的樣子大聲喊道：「哥哥！你怎麼在刷肚臍呢？」

「沒有沒有，我的肚臍有點兒癢，有點兒癢。」我**連忙解釋**道。緊接着，我吃了一點兒早餐，匆匆地走出家門。

一出門，就聽見北極蟲向我們打招呼：

「早上好，絕對沒大腦！早上好，小葉子！」

　　「早上好，北極蟲！」小葉子熱情地回應着。

　　「衣服上摳了兩個洞？哈哈哈……這是誰的**主意**？」北極蟲大笑着問道。

　　「當然是我想到的！」小葉子得意地說道。

　　我撇了撇嘴巴，和北極蟲一起朝學校走去。

　　很快，我就感覺到走在這條上學的路上，可沒那麼輕鬆。

　　「那是什麼？長着兩隻翅膀在天上飛的那個！」

　　「那是什麼？地上嘟嘟跑的那個！」

「那是什麼……」

小葉子看到什麼問什麼，這個傢伙什麼都不認識，看什麼都好奇，飛機、汽車更是不知道。

最開始我還**饒有興致**地給牠解釋，不過牠不知道的東西實在太多了，我懶得給牠一個一個地講解。

很少有人會問北極蟲問題，這倒是給了北極蟲一個展示的機會。北極蟲一直非常耐心地給小葉子解答。不過，要解釋的地方確實太多了，害得我們差一點兒就遲到。

到了學校，我把衣服往下拽了拽，小聲對小葉子說：「告訴你，一會兒我們就**上課**了，上課你知道嗎？老師在前面說話

的時候，就是上課，我們只管聽就行了，你千萬不許出聲，聽到了嗎？」

「看在藍藍大海的分上，我絕對不會說話的。」小葉子說道。

8 來自寒武紀的高材生

沒想到啊，這個小葉子居然喜歡聽課！無論是什麼課，牠都聽得**聚精會神**。

「你能不能聽懂啊？」上課時，我小聲問小葉子。

「拉鎖！」語文老師忽然叫我，「把我剛才講的那一段課文讀一下。」

我慌慌張張地站了起來，兩隻眼睛迅速在課本上掃來掃去，手不停地翻着書頁，「哪段？哪段？剛剛講到哪段了？」我心裏面不停地*唸叨*。

「盤古倒下後，他的身體發生了巨大的變化。他呼出的氣息，變成了四季的風

和飄動的雲；他發出的聲音，化作了隆隆
的雷聲……」

小葉子嘟嘟嘟地替我把那段課文讀了出來。牠根本不會認字，但居然能夠**一字不差**地背下來了。

　　除了北極蟲，誰也沒有發現是我的肚臍在替我背課文！

　　「嗯，讀得都對，不過下一次注意聽講！」語文老師說道。

　　我長吁一口氣坐下了，心想：這個傢伙，真是來自寒武紀的**高材生**呀！

　　這還不算，第三節的音樂課，音樂老師教了一首新歌，讓我們大家一人唱一句。我最怕這種事了，你知道我唱歌有多難聽嗎？

　　我的同桌洛仙仙曾經這樣形容我的歌聲：「唱得同學想尿尿，唱得全班都跑調，唱得老師**心驚肉跳**，唱得校長想搬學校，唱得白天雷聲滾滾，唱得夏天下起冰雹……」

　　所以，每次輪到我唱歌的時候，我都特別緊張，這次也是一樣。我戰戰兢兢地站起來，剛一張嘴……

　　「太陽太陽，給我們帶來七色光彩……」居然是如此美妙的歌聲，不用說也知道，那當然是小葉子唱的。

　　我只張嘴，不出聲，和小葉子演了一齣雙簧。

　　小葉子唱得可不是一般的好聽，那簡直就是「來自遠古的天籟」，在場的老師和同學們都驚呆了。

　　「以前怎麼沒發現呢？拉鎖同學非常有唱歌的天賦！」音樂老師笑瞇瞇地說道。

　　「他的肚臍是挺有天賦的。」北極蟲小聲在下面嘟囔着。我狠狠地瞪了他一眼，

還好沒有人發現。

放學路上，我和北極蟲一起回家，當然了，還有小葉子。

「北極蟲，」我有些埋怨地說道，「你為什麼在音樂課上說那樣的話？你是不是**嫉妒**我呀？」

「我才沒有。」

「你就是嫉妒我！不，你是嫉妒我的肚臍！」

「我那不是嫉妒！你看，自從有了小葉子，你多風光啊——課文背得流暢，歌聲**優美動聽**，我是羨慕啊！」北極蟲明明是在嫉妒我。

接着，北極蟲討好地說道：「小葉子，和你商量一下，我邀請你來我的肚臍裏住

幾天，行嗎？我的肚臍比拉鎖的**寬敞乾淨**，肉還厚實，而且冬暖夏涼！」

「看在藍藍大海的分上，我對『絕對沒大腦』忠誠無比！」小葉子堅定地說道。

聽牠這樣說，我心裏有點兒小感動。

「另外，我還可以保證，讓你每天吃到冰淇淋！」北極蟲使出了**殺手鐧**。

「冰淇淋？這個嘛……」一聽到冰淇淋三個字，小葉子瞬間就不堅定了。

「喀喀！」我故意咳了兩聲，用力瞪了一眼小葉子。

「冰淇淋也無法改變我的無比忠誠！」

「小葉子，不愧是來自寒武紀的霸主！沒有讓我失望。」我神氣地說道。

「謝謝誇獎！嘻嘻……要不，看在我**忠誠無比**的分上，你獎勵我一枝冰淇淋吧！」小葉子笑嘻嘻地說道。

9 五億年的願望

　　為了感謝小葉子對我學習上的「幫助」，這個周末我帶着牠來到了海邊。

　　一見到大海，小葉子**興奮**不已。我一頭鑽進海水裏，面朝着藍天，身體在海水中漂啊漂啊，就像一條魚一樣。

　　小葉子興奮地大喊道：「終於又見到大海了！我五億年來的願望，今天終於**實現**了！」

　　「拉鎖，你知道嗎？」小葉子盯着藍色的天空接着說道，「博物館裏的古生物太多了，有威猛的霸王龍，有聰明的孔子鳥……還有很多很多古生物，大家都圍着

牠們看，很少有人留意到我這個小東西。」

「我知道你的感覺，就像我在班裏，也是不起眼的小人物，只有在畫恐龍這件事上，才能讓大家注意到我。」海水的聲音在我的耳邊響起。

「不，拉鎖，我覺得你很棒！雖然你不喜歡在很多人面前說話，但是你不是不會講，只是怕講不好被別人取笑。其實，你不要小看自己，沒有誰注定是小人物。」小葉子吐着泡泡說道。

「小葉子，你說得沒錯！沒有誰注定是小人物，對於我自己來說，我就是最重要的人。所以，你也不要小看自己呀！你知道嗎？我看過很多古生物書，第一章講的都是『三葉蟲』，你們三葉蟲有一萬

五千多種。在那個時候，從來沒有哪種生物像你們這樣遍布全球，所以寒武紀又被稱為『**三葉蟲時代**』。三葉蟲在地球上生活了三億多年呢！在我們的科學課上，你不是聽到了嗎？人類歷史不過數十萬年，比起三葉蟲稱霸地球的時間差得遠了。」

「你是這樣想的嗎？」

「當然了！以前我看過一本古生物書，上面就說，三葉蟲在早期動物中最先進化出眼睛，三葉蟲的眼睛結構複雜而微妙，這種進化可能徹底改變了**生命進化歷程**。」我興奮地說道，「小葉子，也許這個世界上的第一雙眼睛就是你們三葉蟲的！」

「真的嗎？」小葉子**欣喜地**說道，「我

想起來了！在很久很久以前，我們三葉蟲在海裏的時候，我聽過一隻很老的三葉蟲說，我們三葉蟲有**指揮水**的能力。只可惜，後來我變成了化石，幾億年來都沒再碰過水了！」

「指揮水？用什麼指揮水？」

「用眼睛啊！什麼水都可以，海水、雨水、河水……只要是水就可以，可惜我沒有這種能力。」

「你現在就可以試試呀！現在就試，你可以的！」我鼓勵牠。

「現在嗎？好吧，我試試。」小葉子試着用力吸了一口氣，瞪大了兩隻眼睛，可是海水一點兒反應都沒有。「唉！我不會指揮水，我只是博物館裏一塊**不起眼**的

小化石。」

「不要這樣説嘛！你知道嗎？看在藍藍大海的分上，總有一天你會指揮水的！」我學着小葉子的口頭禪説道。

「哈哈哈⋯⋯拉鎖，謝謝你，這是我幾億年來最開心的一天！」小葉子笑了起來，肚臍也笑了。

10 有魅力的肚臍

　　第二天，我一進教室，同學們一下子圍了過來，就好像磁鐵掉進了鐵釘盒子裏。沒錯，我就像那塊磁鐵，而且「鐵釘們」的眼睛都直勾勾地盯着我的肚子。

　　「你們……你們看什麼？」我連忙捂着肚臍嚷道。

　　「絕對沒大腦，聽説你的肚臍會説話？讓我們看看吧！」蔡小強瞪大了眼睛説道，那樣子好像在看馬戲團的小丑。

　　「沒有……沒有，你們聽誰瞎説的？」我用力地捂住肚臍説。

　　「北極蟲告訴我們的！」洛仙仙説道。

「拉鎖，對不起啊，我不是故意說出去的，我是說漏了嘴。」北極蟲連忙解釋道。

「北極蟲，你那不是嘴巴，是漏斗！」我生氣地說道，「你們別聽北極蟲瞎說了，哪有……哪有……」

我話還沒說完，就聽到我的肚臍大叫道：「憋……憋死我了！你捂得我……喘不過氣了！」

「哈哈，還說沒有，肚臍都說話了！快讓我們看看！」蔡小強說着，興奮地跳上了桌子。

「我也要看！」

「我也要看！」

其他同學七手八腳地把我拉到中間。

「你們不要拉我！不要拉我！我會給你們看。」一聽我這樣說，大家都鬆開了手。

「沒辦法了，反正也藏不住了！」我把衣服一掀，向大家說道，「這是我的朋友──小葉子。」

「哇……哇哇……」所有同學的眼睛都睜得像燈泡一樣大，直勾勾地盯着我的肚臍，吃驚地叫了起來。

「幹嗎呀？哪有你們這樣盯着人家肚臍看的呀！」這麼多雙眼睛一齊看着我的肚臍，感覺真的有點兒怪怪的。

「你的肚臍真的真的……好──可愛呀！」洛仙仙誇張地把「好」字拉得好長。

「嘿……大家好……我叫小葉子。」

小葉子害羞地説道。

「它真的會説話呀！」小豆包也跑了過來。

「哇！絕對沒大腦，你是怎麼做到的？這一定是商場裏面的新玩具！」肖天同學説道。他是我們班最會做生意的，無論何時何地都能看到商機。

「拉鎖……呃……我有點兒口渴了……」小葉子有些緊張地説道。

洛仙仙遞過一瓶乳酪：「不要誤會啊，不是給你的，是給小葉子的！」

説着，洛仙仙在乳酪上插了一根吸管，小葉子居然毫不客氣地吸了起來。

同學們一看，小葉子喜歡吃喝，都紛紛拿出私藏在課桌裏的零食給小葉子吃。

分享食物真的可以拉近彼此的距離，小葉子放開吃放開喝，不出一會兒，這傢伙就一點兒也不害羞了。

接下來的幾天裏，下課十分鐘大家都不出去玩，只要一有時間就圍過來對我說：「讓我們看看小葉子！」

小葉子似乎也很喜歡這種**眾星捧月**的感覺，積極地給大家展現牠的各種絕招：吹泡泡、講故事、吹口哨、花式打嗝、開果仁……當然，還有吃冰淇淋。

好吧，我承認，大家對我的肚臍比對我熱情多了。

11 肚皮光溜溜

　　下課了，洛仙仙湊了過來。她是我的同桌，離我最近，所以每次下課她都要和小葉子聊天。

　　「你們一下課就圍着我的肚臍，這嚴重佔用了我的**課餘時間**。」我不開心地說道。

　　「不要這樣說嘛！老師說，好東西要和大家一起分享！」洛仙仙說道。

　　「可是沒有人想分享自己的肚臍啊！」我不開心地說道。

　　「絕對沒大腦啊，這麼多好吃的都進了你的肚子，我要是你早就**暗笑**了。」北

極蟲羨慕地說道。

「小葉子，你那麼厲害，那能**預言**嗎？」洛仙仙問道。

「呃……會一點兒。」小葉子不自信地說道。

「你預言一下，過幾天的演講比賽誰會得第一名？就是古生物博物館那個演講比賽。」洛仙仙說道。

「好吧，讓我想想。」小葉子半閉着眼睛，想了一會兒說，「拉鎖！拉鎖會得第一名。」

牠這樣說，把我嚇了一大跳，周圍的同學聽到了都**哈哈大笑**起來。我呢，則被大家笑得滿臉通紅。

放學的路上，我沒等北極蟲，一路上

都沒有對小葉子講一句話。

回到家裏，我把自己關在房間裏。

「拉鎖！拉鎖！你怎麼不說話了？」小葉子問道。

「你讓我說什麼？你明明知道我不會演講，還故意說我會得第一名！你要讓大家嘲笑我，對嗎？」我生氣地說道。

「對不起，拉鎖。」小葉子小聲說道。

我們兩個都不說話了。

過了好一陣子，小葉子說：「你那麼喜歡古生物，知道那麼多古生物知識，說不定就能得第一呢？我覺得你可以！」

「你覺得我可以，可是你又不是我，我最怕上台演講，講不出就是講不出！」我氣呼呼地說道。

「你根本就不是在和我吵架，你是跟你自己吵架。你生你自己的氣，你害怕說錯，害怕別人嘲笑你，說到底你是不相信自己！所以，你永遠在人多的時候張不開嘴巴！」小葉子使出**積攢**了五億年的力氣高聲說道。

我不知道怎麼回應小葉子了，牠說得沒錯，我不相信自己，但是我還是對小葉子大吼道：「我的事情不用你管！你這隻臭蟲子！」

小葉子聽我這樣說傷心了，流出了兩滴眼淚說道：「既然你不喜歡我，那我走了。」

「走就走！」我**賭氣說道**。

那天晚上，我再也沒跟小葉子說過一

句話，也沒有看牠一眼。

　　第二天早上，我很晚才起牀。我迷迷糊糊地從被窩裏爬起來，問道：「小葉子，你怎麼不叫我起牀啊？」

　　沒有人回答。

　　「小葉子？」我低頭一看，小葉子不見了！

　　肚皮上**光溜溜**的，我的肚臍也一起不見了！

12 尋肚臍啟事

「氣死我了！這個小葉子真是小氣鬼，**一言不合**就離家出走了！」我生氣地對北極蟲說道。

「你別生氣了，說不定有什麼原因呢！還好今天是周末，可以讓同學們幫忙找。」北極蟲想了想，安慰我道。

「好，我現在就打電話告訴大家。」

一小時以後，班裏的一半同學都聚集在了校門口的**大榕樹**下。

洛仙仙一見面就高聲對我說道：「絕對沒大腦，你要是把小葉子弄丟了，我饒不了你！」

「哎喲！丢失的是我的肚臍好吧？又不是你的寵物！」我說道。

「別埋怨了！我們還是想想怎麼找小葉子吧！」北極蟲仗義地說道。

就這樣，大家兩人一組四處去尋找小葉子。

我們一邊走一邊喊，在**大街小巷**裏到處穿行。

半天時間過去了，大家一個個筋疲力盡地回到了大榕樹下，還是沒有找到。

「唉！現在怎麼辦？」洛仙仙背靠大樹，苦着臉說。

「一般找不到人的時候要貼『**尋人啟事**』，要不我們也寫一則『尋人啟事』吧！」蔡小強說道。

「可是我們找的不是人，是肚臍啊！」
小豆包説道。

「那就寫『尋肚臍啟事』！」我説。

商量來商量去，最後我們覺得還是張
貼「尋肚臍啟事」這個辦法比較有用。

「可惜沒有小葉子的照片，不然可以
貼在『尋肚臍啟事』上。」洛仙仙失望地
説。

「沒關係，小葉子有一個明顯的特點，
那就是長着一雙大眼睛，估計這世界上長
眼睛的肚臍不多。」小豆包説道。

於是，我們讓班裏作文寫得最好的小
豆包同學寫了一則「尋肚臍啟事」，內容
如下：

尋肚臍啟事

因本人不小心，丟失了肚臍，情況如下：

姓名：小葉子

性別：不詳，不過肚臍的主人是男孩

年齡：大約五億歲

特點：長着兩隻大眼睛，會説話

由於與主人爭吵，離家出走，至今未歸。有知其下落者，請速與肚臍主人拉鎖聯繫，定有重謝。

「尋肚臍啟事」寫好之後，又寫上了我的聯絡電話。然後我們每人手抄了兩份，等「尋肚臍啟事」抄完之後，太陽都快落山了。

　　「這樣吧，今天太晚了，不找了，大家回家的路上順便把『尋肚臍啟事』貼到合適的地方。」我失望地說道。

　　過了一會兒，太陽落山了，大家都**陸陸續續**地回家。

　　「貼完這兩張『尋肚臍啟事』，我們也回家吧！」北極蟲邊走邊對我說，「我想，你可能再也找不回肚臍了。」

　　抬頭一看，我們無意中走到了古生物博物館。看着博物館，我心裏有點兒難過。這時，我忽然想道：咦？小葉子是不是回去古生物博物館了呢？

　　之後，我立刻對北極蟲說了我的想法。

　　「是呀！我們怎麼忘了來古生物博物館找一找呢？」北極蟲也**恍然大悟**。

我們倆偷偷跑到古生物博物館門口，扒着門縫往裏看：裏面有燈光，而且還有吵吵鬧鬧的聲音，可是看不清是什麼在吵鬧。

就在這時，我忽然聽到有人在叫我：「拉鎖！拉鎖！」

我向四周看了看，沒見到什麼人，只見一隻很小的蟲子從門縫裏鑽了出來。蟲子長得很奇怪，而且還撐着一把小傘。我看着眼前這隻奇怪的蟲子問道：「你是在跟我說話嗎？」

「是我呀！**我是小葉子！**」怪蟲子說道。

「你是小葉子？」我驚訝地看着眼前這隻撐着小傘的怪蟲子，不相信地問道，

「那小葉子的口頭禪是什麼？」

「看在藍藍大海的分上！我真的是小葉子！」怪蟲子答道。

13 為何敲響盤古鐘？

　　嘿！果然是小葉子！

　　「你為什麼離家出走？走就走呀，也不道個別？不道別就算了，幹嗎要帶走我的肚臍？」我又驚又喜又氣。

　　「你知道嗎？我們班同學找了你一天呢！」北極蟲說道。

　　「拉鎖，北極蟲，對不起！不是我想走的，是博物館裏有一個盤古鐘，只要那個鐘一響起，博物館的所有展品無論在哪兒都會聽到，而且會自動聚到博物館裏。我根本來不及跟你告別。」小葉子不好意思地說道。

　　「哦，對了，那天聽孔子鳥説過盤古鐘。」北極蟲説道。

　　「那你為什麼把我的肚臍也帶走了呢？」我問道。

　　「你忘了，我之前跟你説過，我怕光，一見到光就會變成**灰塵**，所以我就帶着你的肚臍一起走了。我想着，回到了博物館就可以把肚臍還給你。看在藍藍大海的分上，請你原諒我！」小葉子低着頭説道。

　　「原來是這樣啊！好吧，我不生你的氣了，誰讓我**尊老愛幼**呢！你年齡那麼大，我可拿你沒辦法。」其實我早已經不生小葉子的氣了。

　　「我現在就把肚臍還給你，可能有點兒癢，你要忍着啊！」説着，小葉子把小

傘拿下來。我看着小傘，感覺有點兒面熟。

「哇！那不就是我的肚臍嗎？」我指着小傘驚叫道。

小葉子笑了笑，爬到我的肚皮上，把肚臍往我肚皮上一貼。

感覺真的是好癢啊！

癢了幾下，我低頭一看，嘿！肚臍又回來了。

「拉鎖，北極蟲，求你們陪我到博物館裏好嗎？牠們在那裏大吵大鬧。」小葉子說道。

「這次發生了什麼事情？為什麼要敲響盤古鐘？」我問小葉子。

「我帶你們進去你們就知道了，跟我走！」說着，小葉子帶着我和北極蟲通過

一扇**隱蔽**的小門，偷偷地來到了博物館裏。

一走進博物館，我和北極蟲都驚呆了，這裏和白天的博物館完全不是一個樣子，因為……因為所有的標本和化石都活過來了。

什麼二齒獸、霸王龍、小盜龍……當然還有很多很多的古生物，全都活過來了！

「我的天哪！」北極蟲驚呼起來。

「牠們在幹嗎？在開會嗎？」我一下子捂住他的嘴巴，輕聲問道。

「還不是那個演講比賽鬧出來的嗎？本來我們這些古生物相處得好好的，可是非要選什麼『最棒的古生物』！這下好了，

大家**鬧翻了天**，都覺得自己最棒！你們躲在這裏不要出聲，我要去開會了！」小葉子說着，連忙爬了過去。

「古生物開會？還是各個時期的古生物！嘿嘿！這可是**難得一見**啊！」我這樣想着，和北極蟲躲在了角落裏，偷偷地看着眼前這些古生物開會。

「大家安靜！大家安靜！討論會馬上開始！大家都到齊了嗎？」孔子鳥高聲問道。

「呃⋯⋯除了寒武紀的奇蝦和三疊紀的半甲齒龜沒到，其他都到齊了。」小盜龍說道。牠小巧的身體總是能靈敏地在大家中間穿來穿去。

「為什麼沒到？」孔子鳥問道。

「奇蝦説牠五億年前吃下的東西還沒消化好，肚子不舒服，所以沒來；還有半甲齒龜，牠是在最上面的展廳，估計現在還沒爬出牠的展廳。」小盜龍解釋道。

「好了，不等了，不等了。我們的討論會正式開始！有請本次討論會的主持人入場！」

孔子鳥的話音剛落，只聽到砰砰砰的聲音，我們隨着聲音看過去，兩根巨大的象牙慢慢地從門外伸了過來。

哦，原來是黃河象來了！

14 古生物討論會

「各位來自寒武紀、奧陶紀、志留紀、泥盆紀、二疊紀、三疊紀，以及來自中生代、新生代等各時期的古生物朋友，大家好！」黃河象的問候語和牠的鼻子一樣長。牠清了清嗓子繼續說道，「這幾天，大家因為『誰是最棒的古生物』這個問題總是吵個不停，所以把大家召集到一起。我們每個古生物都可以暢所欲言，說一說自己的想法！但是首先有一條規矩，我們都一大把年紀了，只能動口，不能動手！」

「我先說！我先說！」一條小小的化石魚嘟着嘴巴說道。牠實在是太小了，只

有三四厘米長。

「海口魚，你就不要說了，你的嘴巴都張不開，怎麼說？」一旁的海納螈說道，其他動物哄堂大笑。

「可是……可是，黃河象說，每個動物都有發言的權利。我雖然小，但我的解說牌上可寫着『天下第一魚』呢！」別看海口魚嘴巴張不開，口才還是很不錯的，一句話說得海納螈不知怎麼回答了。

「我……我雖然不是什麼天下第一，但我是第一個能離開大海爬向陸地的脊椎動物。」海納螈舉起一隻腳驕傲地說道，牠的腳上長着八隻腳趾。

「別忘了我們二齒獸！」雌二齒獸叫道，「我們可是古生物界的『模範夫

妻』！」

「沒錯沒錯，你們看到我們的牌子上寫的內容了嗎？我們二齒獸是在 2.51 億年前的大滅絕事件中得以**倖存**的爬行動物，彌補了動物進化中缺失的一環。」雄二齒獸說道。

「我可沒有你們幸運！我本來是為了救自己的蛋，卻被誤認為是偷蛋的賊，落得了『偷蛋龍』的名字，再也改不過來了。」偷蛋龍媽媽難過地說。

聽到這裏，北極蟲小聲說道：「哦，原來偷蛋龍果然是被**冤枉**的呀！」

「誰是最棒的古生物？哼！這還用比嗎？當然是我們小盜龍！別看我們個子小，我們可是最早的飛行家，說不定鳥類

就是向我們學習飛翔呢！你們誰有像我這樣的兩雙翅膀？」小盜龍張開翅膀說道。牠的大小跟野雞差不多，尾巴比身體還長，翅膀上有爪子，腿上有漂亮的羽毛，張開之後真的好像長着兩雙翅膀。

「小個子！你說什麼？」一把**陰森恐怖**的聲音說道，緊接着一個巨大的黑影從大家的頭頂飛過。

我和北極蟲趕快埋下了頭，等黑影飛過去了，我稍稍抬頭看，只見那個黑影收攏了翅膀，落在小盜龍旁邊。黑影把頭一轉，我的天哪！簡直太恐怖了！牠的樣子無比**猙獰**，頭上豎立着古代騎士頭盔一般的頭飾，前面的鼻孔出奇地大。然而這些都不算什麼，最可怕的是牠巨大的牙齒，

交織着露在喙的最前面。

「那是什麼？大……大蝙蝠嗎？」看到這麼恐怖的生物，北極蟲的聲音都在抖。

「那是一種翼龍，我以前在一本書上看過圖片！叫什麼來着？」我拚命地想着，「想起來了！牠就是『空中幽靈』——獵手鬼龍！」

「獵手鬼龍？」北極蟲重複着說道。

15 取火石發火

「兩雙翅膀怎麼了？想跟我獵手鬼龍比一比誰是霸主嗎？」獵手鬼龍合攏了翅膀站在小盜龍旁邊，小盜龍顯得十分弱小。可憐的小盜龍嚇得**瑟瑟發抖**，不敢說話了。

「哈哈哈！」霸王龍一笑，巨大的骨架**轟隆隆作響**，「真是開玩笑！就憑你也敢在我面前稱霸主？」

霸王龍把頭伸向獵手鬼龍，獵手鬼龍也不示弱，張開那恐怖的牙齒，向霸王龍撲過去。

「我才是最屬害的古生物！」霸王龍

嘶吼一聲。

「霸王龍，你不要太囂張！有我在，還輪不到你！」一把聲音高聲叫道。

我左看右看，不知道聲音是從哪裏傳出來的。

「別看我只剩下一個頭骨，還是照樣可以和你比一比的！」原來是劍齒虎的頭骨。只見牠蹭的一下彈了起來，咬住了霸王龍的一根小肋骨，疼得霸王龍用力地搖晃着身體。

黃河象高聲喊道：「停下停下，你們都停下！**說好了只能動口，不能動手！**」

一聽黃河象這樣說，劍齒虎頭骨馬上停下來說道：「我就是在動口啊！」

「劍齒虎，霸王龍，獵手鬼龍，你們幾位也應該改一改這**暴躁**的脾氣了！」黃河象說道。

我搖了搖頭，小聲對北極蟲說：「霸王龍本來就是暴龍科，怎麼可能不是暴躁的脾氣？」

「好了！好了！」孔子鳥一見**情況不妙**，馬上說道，「今天晚上的討論會，我們就開到這裏吧。各位朋友，呃……所有的古生物朋友都很棒，我們還是各回各的展櫃吧！」

「古生物朋友？難道我不算嗎？」一把憤怒的聲音說道。所有的古生物都看向四周，可還是沒發現是誰在說話。

「你們都把我忘了嗎？如果沒有我，

你們能在這裏說話？」原來，說話的是那塊用於鑽木取火的石頭。

「取火石，你的功勞大家都知道。可是現在評選的是『最棒的古生物』，你又不是生物，就別跟大家爭了！」孔子鳥說道。

「什麼？我居然連資格都沒有？就因為我不是生物，只是一塊石頭？！」取火石越說越氣，**火苗**跳動起來。

「取火石，你不要生氣，幹嗎動不動就發火呢？」小盜龍揮舞着翅膀說道。

「如果沒有我，哪裏會有現在的**人類文明**？如果沒有我的魔力，你們誰能活過來在這裏說話？」取火石大聲說道，火苗騰的一下躥得老高。

　　取火石一發火就**非同小可**，跳起的火苗碰到了展櫃上面的展板，那展板呼的一下燃燒起來。

　　「糟了！」我大喊道，「**起火了！**」

　　「火！火！」

　　「着火了！着火了！」

16 神奇的「世界第一眼」

　　一見到火，所有的動物都慌了，**橫衝直撞**，四處奔逃。

　　「怎麼辦，拉鎖？我們不能再躲在這裏了！」北極蟲喊道。

　　「看在藍藍大海的分上！跑出去也沒有用，被月光一照，所有的古生物都會變成灰塵。」小葉子也大叫起來，急得到處爬。

　　奔跑的黃河象一腳踩扁了海納螈，二齒獸和霸王龍的骨頭撞在了一起⋯⋯

　　「**大家不要跑！不要跑！**」我衝了出去大叫道，可是所有的動物好像都沒有

看見我。

　　會有辦法的！一定會有辦法的！我一邊這樣想，一邊不停地在四周尋找着。忽然，我看到了「遠古海底世界」……

　　有辦法了！我立刻跑到盤古鐘那裏，用最大力氣敲響了鐘。

「咚！咚！咚！」

終於，古生物們看向了我。

「大家不要亂跑，聽我說！」我見古生物們停下了腳步，馬上說道，「黃河象，霸王龍，你們要用最大的力氣把『遠古海底世界』的玻璃牆撞碎！快！」

黃河象和霸王龍一聽，也顧不上問我是從哪裏冒出來，一齊朝『遠古海底世界』的玻璃撞去。

「砰！砰！砰！」黃河象的骨頭都撞飛了一塊，可是玻璃牆還是沒有一點兒反應。

「不行啊，撞不開！」霸王龍轟隆隆地說道。

牠們現在只剩下不完整的骨頭了，力

氣遠遠不如「當年」。

火已經開始蔓延了，怎麼辦？就在大家都**不知所措**的時候，我忽然想到了角落裏的小葉子，也許有一個辦法還可以試一試。

想到這裏，我馬上説道：「小葉子，我記得你説過，三葉蟲有指揮水的能力，你快試試，讓玻璃牆裏的水流出來！」

「可是……可是我……」

「不要説『可是』了，要説『可以』！你可以的！不要忘了，你是寒武紀的霸主，海洋是你的家，不要小看自己，沒有誰注定是小人物！」

「對！小葉子，快點兒啊！不試試怎麼知道？再説『可是』就來不及了！」北

極蟲高聲喊道。

「好！我試試！」小葉子**鼓起勇氣**説道。

牠迅速爬到玻璃牆壁頂端，一下子跳進了水裏。水中的小葉子就像三片緊緊挨在一起的葉子，在水中游來游去。只見牠高高地**翹起尾巴**，左右兩片葉子不停地搖擺，可是玻璃牆裏的水還是沒有半點兒動靜。

「加油！小葉子！用你的『世界第一眼』！」我高聲叫着。

小葉子好像聽到了我的聲音，牠又一次高高地翹起尾巴，左右兩片葉子再一次不停地搖擺，明亮的眼睛在水中**閃閃發光**。

　　水動了！玻璃牆壁裏的水隨着三葉蟲的葉子湧動着。只見小葉子高高地將尾巴翹起，水流隨着牠翹起的尾巴奔湧而上！

　　小葉子繼續指揮着水，牠的兩隻眼睛發出兩道光，像兩根**指揮棒**一樣，指揮着

噴瀉而出的水流！那水沒有流向地面，而是好像長了眼睛一樣，奔着火焰噴瀉而出！

　　火一下子被撲滅了。

17 生命都值得讚美

　　古生物博物館裏，所有的化石和標本都得救了。水和火把博物館弄得**混亂不堪**，古生物們紛紛走了過來。

　　「小男孩，謝謝你們！是你們救了我們的博物館，你們叫什麼名字？」孔子鳥**撲棱**着翅膀，飛過來説道。

　　「我叫拉鎖，他叫重北極。不過，你們不是我們救的。」

　　「那是誰？」

　　「是牠，小葉子。」我指着剛從水裏爬出的小葉子説道。

　　「三葉蟲？」一下子，所有的古生物

都驚呆了。

「沒錯，就是三葉蟲！是牠指揮水，把火撲滅的！」我高聲說道。

所有的古生物都用**驚奇**的眼神看着小葉子。

「原來三葉蟲還有這樣的本事呢！」霸王龍說道。

「是呀！我沒想到，竟然是這樣一隻不起眼的小蟲子救了大家。」黃河象用牠長長的鼻骨托起小葉子，將小葉子高高舉起。

「三葉蟲，你真的很棒！」

「是呀，我們應該謝謝你！」其他古生物**紛紛說道**。

小葉子害羞地用觸角撓撓頭。

「呃……對……對不起，」取火石不好意思地向大家道歉，「我不應該隨便發火，差一點兒害了大家，我覺得三葉蟲才是最棒的古生物。」

「對！三葉蟲才是最棒的古生物！」霸王龍也高聲說道。

「你們都是最棒的古生物！」說着，我走到古生物中間，把海口魚托在手心裏，「海口魚，你是人類發現地球上最古老的脊椎動物，是脊椎動物的*共同祖先*，你是當之無愧的『天下第一魚』。」聽我這樣一說，海口魚嘟了嘟嘴巴，像是在微笑。

「海納螈，你從水域登向陸地，是古生物中**當之無愧**的勇士！」說到這裏，我微微地向海納螈點了點頭。

「謝謝你，人類小男孩。」海納蝖爬到近處，輕聲說道。

「二齒獸夫婦，你們好！幾億年前，當災難來臨的時候，你們這對雌雄二齒獸**蜷曲**在一起。雖然最終你們死亡了，但是你們知道嗎？二齒獸是那次大滅絕事件中倖存下來的爬行動物。」我摸了摸雄二齒獸的頭，牠眯着眼睛，露出兩顆可愛的牙齒。

「霸王龍、劍齒虎、黃河象、小盜龍、孔子鳥、獵手鬼龍，還有其他所有的古生物，你們都是我心中的**明星**！其實你們中有很多生物我都認識，科學課上都學過，課外書上也有記載。我想說，每種生物在地球的進化史上都非常重要！從陸地到空

中，從冷血到溫血，從卵生到胎生……因為有了每一個進化環節，才會有稱霸地球的恐龍，才會有鳥類和哺乳類動物，才會有今天的人類！每一個標本都是一個**不朽的奇跡**，每一件藏品都是一段歷史的記憶，每一座博物館都是一本石頭的史書，每一個地球上曾經存在過的生命都值得讚美！」說完之後，我向所有的古生物深深地鞠了一躬，所有的古生物一起給我鼓起掌來！

「你說得太棒了！我覺得你應該去參加演講比賽！」北極蟲興奮地說道。

「演講比賽？我可以嗎？」我連連搖頭。

「我覺得你可以！你剛才說的就很好

啊，真的可以！」孔子鳥說道。

「是的，你肯定可以！」

「我們都覺得你肯定可以！」黃河象啊，霸王龍啊，小盜龍啊，大家都紛紛鼓勵我。

「可是，讓我想想，我從來沒有演講過呀！」我還是**很不自信**。

「不用擔心，還有我們這羣老師呢！」獵手鬼龍說道。牠笑起來，那巨大的牙齒還真是恐怖。

「所有的事情都會有第一次，我也是第一次去控制水！就是因為你對我說『**沒有誰注定是小人物**』，不要說『可是』，要說『可以』！」小葉子爬上我的肩膀說。

「可以……可以試試。」我說道。

　　「太棒了！拉鎖同學終於決定參加演講比賽了！我有個提議，我們一起幫助拉鎖練習好不好？」孔子鳥搧動着翅膀興奮地説道。

　　「好──」大家**一致贊同**。

　　「首先⋯⋯」孔子鳥剛要説話。

　　「首先我們應該把博物館收拾一下。」霸王龍打斷了孔子鳥的話，轟隆隆地説道。

　　「哦，對！我們應該馬上收拾博物館！」黃河象**一聲令下**，大家開始行動起來。

18 跟着孔子鳥學演講

離演講比賽還有三天時間，時間真的很緊迫，不過既然要參加比賽，那就要**全力以赴**。

我和古生物們約定好，每天太陽一落山，我就來到博物館，當然是從小葉子帶我走的那條秘密通道進去。

每到這個時候，所有的古生物都圍在大廳裏，看我練習演講。

「不是我說大話，早在一億年前我就是動物界的『名嘴』了！想當年，白堊紀時期，憑着我的**伶牙俐齒**，我能出口成章，口若懸河……」孔子鳥自豪地說着。

「好了，不要再説什麼『想當年』了！我最後悔的就是想當年沒把你一口吃掉，留着你在這裏嘰嘰唆唆的。」霸王龍不客氣地説道。

「你這個老霸王説話還是那麼難聽，什麼時候能改改？」孔子鳥知道霸王龍不好惹，馬上轉入正題，「好了，好了，我們現在開始上課。一億年來的演講經驗告訴我，既然想參加演講比賽，充分的準備是贏得比賽的前提，準備越充分，你就越自信；越自信，就越容易贏得比賽。」

「可是，我一上台就緊張。」

「如果讓你上台數數，你會緊張嗎？當然不會！緊張的原因就是不自信。那麼怎樣才能有自信呢？那就要靠豐富的知識

和演講的技巧。如果對自己要講的話非常熟悉，你就不會那麼緊張了。所以，一定要練到背演講辭就好像數數那麼熟練，你就會有信心，有了信心，緊張就會減少。」說完，孔子鳥把兩隻翅膀一合，自信地揚了揚頭。

我點了點頭，心想：真不愧是老演講家，聽起來**挺有道理**。

「嗯——」霸王龍點了點頭說道，「看來這孔子鳥也不全是說大話，還是挺有實力的！要是當年真被我一口吃了，還是挺可惜的。」

大家聽了霸王龍的話，都哈哈大笑起來。

接下來的幾天裏，我像孔子鳥老師說

的那樣，每天晚上把這些古生物朋友當成
觀眾，在牠們面前一遍一遍地演練。

19 其實沒有那麼難

終於到了比賽這一天。比賽在古生物博物館裏舉行，巨大的紅色橫幅掛在博物館門口的象牙中間。我坐在選手席上，天氣沒那麼熱，可我手心裏**潮乎乎**的都是汗。

「拉鎖，不要緊張。」秦老師走過來微笑着說道，「你是班裏唯一的參賽選手，得不得獎都不重要，只要你站在了講台上，就是給班級**爭光**了。」

我點了點頭。

秦老師剛走開，一班同學就圍了過來。

「絕對沒大腦，好好表現，我們給你

喊加油！」北極蟲說道。

「別別別，你們千萬別喊『加油』，我一看你們，就會忘詞！」我連忙說道。

「可不是嘛！哪有演講比賽喊加油的？我們會在心裏默默給你加油。唉！如果小葉子在就好了，你要是忘了詞，牠可以提醒你呢！」洛仙仙說道。

「不用，我想自己完成這次演講。」我堅定地說道。

「說不定小葉子的預言真的會成真呢！」蔡小強說道。

過了一會兒，比賽正式開始了。選手們一個一個地上台演講，有的說霸王龍是最棒的古生物，有的說黃河像是最棒的古生物，有的說二齒獸是最棒的古生物，還

有一位同學說取火石是最棒的。雖然取火石不是古生物，但它聽到了，一定心滿意足，呵呵。

「下一個準備的是古塔小學三年一班的拉鎖同學。」主持人說完這句話後，我走到講台側面。

我看着下面有很多老師和同學，還有我的古生物朋友們。

霸王龍還像每天一樣威風凜凜地站在那裏，我想起牠對我說的話：在我面前你都敢講話，你還會怕別人嗎？

我想起黃河象的話：你要像我一樣抬頭挺胸站在台上，用氣勢告訴觀眾誰是第一名！

我想起小葉子的話：沒有誰注定是小

人物，沒有「可是」，只有「可以」。

　　我想起孔子鳥那句最重要的話：我要把一億年的演講經驗傳授給你，那就是──相信自己！

　　我這樣想着，走到了講台上面，開始演講。

　　在演講中我告訴大家，每個古生物都很棒，牠們在歷史的舞台上都扮演着**不可替代**的角色。就像我們每個人都很重要一樣，每個人的頭上都有屬於自己的皇冠，每個人都是不可替代的……

　　說着說着，我告訴自己一定要把每一句話說到大家的**心窩**裏。我用我的眼睛看着大家的眼睛，我要告訴大家，這就是我想說的話，我的話句句都是我心裏想的。

我忽然發現，有很多人在微微地點頭。

演講完畢，我看見我的同學和老師，還有陌生的同學和老師，甚至是參加比賽的對手，都在為我鼓掌。看來，在很多人面前演講並不難，至少沒有想像中那麼難。

我看着展廳裏的古生物朋友們，霸王龍、黃河象、孔子鳥……還有小葉子，牠們好像也在為我鼓掌。

20 冰淇淋盛宴

　　比賽結束了，我得了第一名。從上台到得獎，這些都好像是做夢一樣。

　　走上台領獎的時候，我用力掐了一下自己的**胳膊**。

　　「你在幹嗎？」主持人笑着問道。

　　「我想確認一下是不是在做夢，因為我從來都覺得自己是不起眼的小人物。」

　　「就像你說的，每個人的頭上都有屬於自己的**皇冠**。」主持人說道，「你有什麼想跟大家說？」

　　「今天是我最快樂的一天，不是因為我得了這個獎，而是因為我發現自己居然

敢當眾演講了。我要謝謝博物館裏的古生物朋友們，還有⋯⋯還有我的肚臍。」

一聽我這樣説，全場觀眾都大笑起來。

夜幕降臨，我在博物館大廳中間擺滿了各種各樣的冰淇淋。我請求冷飲公司把冰淇淋一次過給我，舉行了一場隆重的「**冰淇淋盛宴**」。

當我把盤古鐘敲響的時候，各紀元的古生物們都紛紛聚集在了大廳。大家都説，冰淇淋是人類最重要的發明，是牠們幾億年來吃過最好吃的東西！

「拉鎖，」小葉子一邊吃着冰淇淋一邊説，「其實我並不會預言，我只是想讓你更有信心。」

「其實我早知道你不會預言，不過如

果不是你，我不知道自己可以在那麼多人面前演講。所以，我要謝謝你。」我**由衷地**說道。

「我也要謝謝你，不然我也不知道我有『世界第一眼』，真的可以指揮水。而且我在你肚臍裏住的那幾天真的很開心！」

「我會經常來看你的。」我說道。

「想我們時，要告訴我們喲！」北極蟲說道。

「看在藍藍大海的分上，我們不會忘了你！」我學小葉子的語氣說道。

正說着，一隻半甲齒龜**慢慢悠悠**地走到了大家中間。

「抱歉！我一聽到鐘聲就從三樓往這

裏趕！請問，我錯過什麼了嗎？」半甲齒龜說道。

「沒有，你來得正好！趕上了我們的
冰淇淋盛宴！」孔子鳥說道。
　　大家一齊哈哈大笑起來。

驚喜大放送

第一彈：

「絕對沒大腦，給我畫一隻恐龍吧！」北極蟲
跑過來說。

「好啊！你想要什麼恐龍？」

「畫偷蛋龍要幾分鐘？」北極蟲笑着問。

「一秒鐘。」我從本子裏拿出那個已經畫好的
偷蛋龍，遞給了北極蟲。

第二彈：

我迷迷糊糊地從牀上起來，一眼看見妹妹可可
正在把牙刷往肚臍裏塞。

「天哪！可可，你在幹嗎？」

「刷肚臍啊！跟你學的。」妹妹說。

絕對沒大腦 4
肚臍居然會說話

作　　　者：王　聰
繪　　　圖：李　楠
責任編輯：黃稔茵
美術設計：劉麗萍
出　　　版：新雅文化事業有限公司
　　　　　　香港英皇道 499 號北角工業大廈 18 樓
　　　　　　電話：(852) 2138 7998
　　　　　　傳真：(852) 2597 4003
　　　　　　網址：http://www.sunya.com.hk
　　　　　　電郵：marketing@sunya.com.hk
發　　　行：香港聯合書刊物流有限公司
　　　　　　香港荃灣德士古道 220-248 號荃灣工業中心 16 樓
　　　　　　電話：(852) 2150 2100
　　　　　　傳真：(852) 2407 3062
　　　　　　電郵：info@suplogistics.com.hk
印　　　刷：中華商務彩色印刷有限公司
　　　　　　香港新界大埔汀麗路 36 號
版　　　次：二〇二二年九月初版